내가 원하는 우리나라

나는 우리나라가 세계에서 가장 아름다운 나라가 되기를 원한다. 가장 부강한 나라가 되기를 원하는 것은 아니다. 내가 남의 침략에 가슴이 아팠으니, 내 나라가 남을 침략하는 것을 원치 아니한다. 우리의 부는 우리 생활을 풍족히 할 만하고, 우리의 힘은 남의 침략을 막을 만하면 족하다. 오직 한없이 가지고 싶은 것은 높은 문화의 힘이다. 문화의 힘은 우리 자신을 행복하게 하고, 나아가서 남에게도 행복을 주기 때문이다.

- 「쉽게 읽는 백범일지」에서 발췌, 김구 지음, 돌베개 출판

Congratulations
to author Han Kang for winning the Nobel Prize in 2024.

원치 않은항해

1판 1쇄 발행 2025년 4월 4일

저자 보인중학교 학생 작가들   **엮은이** 김현열

교정 신선미   **편집** 문서아   **마케팅 · 지원** 김혜지

펴낸곳 (주)하움출판사   **펴낸이** 문현광

이메일 haum1000@naver.com   **홈페이지** haum.kr
블로그 blog.naver.com/haum1000   **인스타그램** @haum1007

ISBN 979-11-7374-043-5(03810)

안녕, 보인중학교 친구들~

Midjourney : 대한민국, 14세 소년, 행복하고 즐거운 눈빛과 표정, in black and white, 일본식 미니멀리즘, 반갑고 즐거운 표정과 분위기, 친구같은, 아동도서 삽화, 느슨한 선작업, 둥글게, 흰색과 검정색, A 컬러 사진

　이 책은 보인중학교 1학년 학생들이 국어 수업시간에 시를 창작하고, 그 시를 읽은 친구들의 짧은 감상평과 ChatGPT의 해석을 더하고, 이미지 생성 AI 미드저니(Midjourney)로 시의 내용에 어울리는 그림을 엮은 시화(詩畫)집입니다. 인공지능이 우리 삶에 점점 더 깊이 스며들고 있는 시대에 아이들의 글을 AI와 함께 어떤 모습으로 세상에 펼칠 수 있을지 고민하는 시간은 매우 특별했습니다. 순수한 시와 감상에 AI의 언어와 이미지를 더하며 글쓰기 교육의 새로운 가능성을 탐구하는 과정은 흥미로웠지만, 그만큼 생각할 거리도 많이 생겼습니다.

　짐작대로 학생들의 문해력과 글쓰기 능력의 쇠약은 매우 심각했습니다. 하루가 다르게 발전하는 디지털 기술 속에서 아이들은 엄청난 양의 정보를 실시간으로 접하고 있지만, 자극적인 영상과 단순한 텍스트에만 익숙해져서 깊이 있는 사고를 하지 못하고 자신의 생각과 감정을 글로 풀어내는 능력은 매년 퇴보하고 있었습니다. 문해(文解)와 글쓰기는 다른 사람들과 소통하는 기본이 되는 힘입니다. 문해는 단순히 지식과 정보를 파악하는 일을 넘어 세상을 이해하고 통찰하는 과정이며, 글쓰기는 자신을 돌아볼 수 있는 거울이 되기도 하고 누군가의 마음을 움직이고 세상을 바꿀 수 있는 강력한 힘이 되기도 합니다. 교단에 서서 아이들이 제출한 글을 하나씩 읽어보면서 국어 교사로서 사회의 변화를 더 깊이 이해하고 새로운 시대에 맞는 교육적 변화가 반드시 필요하다고 생각했습니다.

희망도 보았습니다. 아이들은 여전히 살아 있는 감성과 창의적 사고를 지니고 있었고, 그것을 끌어내고 표현하는 일에 시간과 노력이 필요할 뿐이었습니다. 그들의 시는 기교적으로 완성도가 뛰어난 작품은 아니지만 자신만의 시각과 이야기가 담겨 있었습니다. 시화집을 준비하는 과정은 학생들에게는 스스로를 표현하고 세상과 소통하는 소중한 교육적 체험이었고, 국어 교사에게는 급변하는 시대의 흐름 속에서 문학 교육이 나아갈 하나의 가능성을 엿보는 기회였습니다.

이 책은 2022년 학생시집 「내 안의 정원」, 2023년 AI 학생문집 「엘리자베스 트위치」에 이은 세 번째 보인중학교 학생 작가들의 책이며, 책의 판매로 인한 수익은 전액 아동구호기관인 〈Save the Children〉에 기부합니다. 이 책을 통해 아이들이 스스로를 더 잘 이해하고, 친구들과 더 넓은 세상으로 나아가는 데 한 걸음 더 가까워지기를 바랍니다. 동시에 이 책이 힘든 학업에서 작은 기쁨과 성취가 되길 소망하며, 성장의 길에 자신감을 얻을 수 있는 소중한 자산이 되기를 기원합니다.

끝으로, 아이들의 소중한 작품을 책에 담을 기회를 주신 보인중학교에 감사드립니다. 또한 수업에 열심히 참여하며 자신의 이야기를 글로 풀어낸 학생 여러분 모두에게 각별히 고마운 마음을 전합니다. 우리 학생들이 앞으로 보여줄 더 많은 가능성을 기대합니다. 감사합니다.

2024년 12월
교사 김현열

Renew yourself each day,
walk with righteousness,
and give with a heart full of generosity.

2023년

그림자

1학년 4반 김윤수

그림자는 지식과 같아

아무리 달고 있어도

애타게 만지려고 해도

끝에 도달할 수 없다

항상 나보다

한 발짝 더 나아가 있고

그럴수록 내 호기심은 더 강해진다

5반 홍가람

나도 어렸을 때 그림자의 끝에 닿아 보려고 계속 뛰었던 기억이 났다. 이러한 그림자를 지식에 비유한 점이 참신하다.

5반 오준호

배움에 끝이 없다는 사실을 그림자를 통해 잘 드러냈다.

1반 김우성

그림자는 항상 나보다 앞에 있어서 나보다 한 수 위인 것 같다.

7반 최원익

멋지다 윤수야! 그림자를 통해 지식을 표현한 게 아주 흥미로워.

●●●　이 시는 그림자를 지식에 비유하여 지식 탐구의 어려움을 표현하고 있습니다. "아무리 달고 있어도 애타게 만지려고 해도 끝에 도달할 수 없다"는 구절은 지식을 얻는 것이 얼마나 힘든지를 나타냅니다. "항상 나보다 한 발짝 더 나아가 있고"라는 표현은 지식이 끊임없이 진화하여 독자가 항상 뒤처지는 듯한 느낌을 강조합니다. 그럼에도 불구하고 "내 호기심은 더 강해진다"는 갈망은 지식에 대한 욕구가 커진다는 것을 보여줍니다. 이 시는 지식에 대한 지속적인 탐구 정신을 일깨우며, 독자가 끊임없이 배워 나가야 한다는 메시지를 전달합니다.

1-7반 수업에서

Midjourney : 가방을 멘 남자 중학생, 발밑에서 시작되어 길게 학생의 앞으로 뻗은 그림자, 밝고 귀여운 분위기, 손으로 그린 그림

내 머릿속 칠판

1학년 8반 이종인

내가 공부를 하면
머릿속 지우개가 나타나 자꾸만 지운다

나는 머릿속 분필로
또 적고 또 적는다

하지만 지우개는 자꾸만 자꾸만
내가 쓴 글을 지운다

1반 김수찬

나는 이 시가 너무×100 공감이 간다. 왜냐하면 시험을 볼 때 1번 문제를 풀고 가볍게 2번을 보는데 머릿속 지우개가 어젯밤에 공부한 것들을 지워 버린 것처럼 멘붕이 오기 때문이다.

1반 지선종

생각해 보면 공부를 해도 까먹은 적이 많다. 하지만 노력한다면 머릿속 지우개도 지치지 않을까?

4반 장예준

공부해도 까먹고 자꾸 기억하려고 해도 까먹는, 영어 단어 외우기가 생각난다.

5반 김현우

나도 공부를 할 때 잡생각과 딴짓들이 머릿속에 가득 찰 때가 있다. 그것을 지우개로 비유한 것이 참신하다.

•••   이 시는 많은 이들이 공감할 수 있는 학습의 고통과 기억에 대한 갈망을 효과적으로 나타내고 있습니다. "내가 공부를 하면 머릿속 지우개가 나타나 자꾸만 지운다"는 구절은 잊혀지는 지식을 상징하며, 반복적인 노력이 헛되게 느껴지는 현실을 나타냅니다. "머릿속 분필로 또 적고 또 적는다"는 의지와 노력을 강조하지만, 지우개가 계속해서 지우는 모습은 좌절감을 드러냅니다. "지우개는 자꾸만 자꾸만 내가 쓴 글을 지운다"는 구절에서 학습 과정에서의 지속적인 실망과 무력감을 잘 보여줍니다.

1-7반 수업에서

Midjourney : 남자 중학생, 머릿속, 지우개와 분필, 흑백 일러스트

점심시간

1학년 2반 이건욱

점심시간에 우리는

밥을 빨리 먹으려고
매점을 먼저 가려고
축구 골대를 먼저 차지하려고

매일 매일 전쟁을 한다

1반 송민준
나도 밥도 안 먹고 축구 골대를 먼저 차지한 적이 있다. 그만큼 경쟁이 심하다.

8반 박준현
점심 축구를 하고 싶은 사람들은 뛰어가서 점심을 먹거나 매점에서 먹어야 골대에서 재미있게 축구를 할 수 있다.

5반 박호건
항상 경쟁하는 우리들의 삶을 학교생활에 비유하여 잘 표현한 것 같다.

5반 홍가람
나는 점심시간에 축구를 하지 않아서 공감이 잘 가지 않는다.

3반 김우진
마치 좋은 대학을 가고 좋은 회사를 가기 위해 경쟁하는 것과 비슷하다.

●●●　이 시는 중학교 점심시간의 일상적인 모습을 유머러스하게 담고 있습니다. "밥을 빨리 먹으려고"와 "매점을 먼저 가려고"는 친구들 사이의 대결을 강조하며, 시간에 쫓기는 긴장감을 드러냅니다. "축구 골대를 먼저 차지하려고"라는 표현은 놀이의 즐거움과 함께 경쟁심이 공존하는 상황을 보여 줍니다. 마지막 "매일 매일 전쟁을 한다"는 반복적으로 발생하는 경합을 통해 점심시간이 단순한 식사가 아닌, 친구들과의 상호작용과 경쟁이 가득한 특별한 순간임을 강조합니다.

1-5반 수업에서

Midjourney : 남자 중학교 운동장, 음식을 입에 물고 축구하는 학생들, 픽사 스타일

내게 말합니다

1학년 6반 이상윤

부모님은 내게 말합니다
일찍 자야지 키가 크지

선생님은 내게 말합니다
지금 공부를 안 하면 미래의 내가 현재의 나를 미워할 거야

친구는 내게 말합니다
나와 같이 게임하자

나는 내게 말합니다
나는 무슨 말을 한 적이 있었나

1반 지선종
이 시는 내게 너무나 공감된다. 우리는 종종 타인의 말만 듣고 행동하는 꼭두각시가 된다.

4반 조성원
내가 인생의 주인공이지만 내 인생에서 내 의견은 어디에도 없는 것 같다는 느낌을 종종 받는다.

7반 김민재
남의 말을 경청하는 것은 좋은 태도지만 꼭 그 사람의 말을 따를 필요는 없다. 자신이 하고 싶은 것을 잘 생각해 보고 내면의 목소리에 귀 기울여야 한다는 뜻 같다.

• • •　이 시는 타인의 말들 속에서 살아가면서, 정작 나 자신에게는 귀 기울이지 않았던 삶을 섬세히 표현하고 있습니다. 부모님, 선생님, 친구의 말은 각기 다른 조언과 요구로 일상을 채우지만, 정작 자기 자신과의 대화는 비어 있다는 사실을 깨닫게 합니다. 마지막 구절 "나는 무슨 말을 한 적이 있었나"는 강렬한 자기 성찰의 순간을 이끌어내며, 잃어버린 내면의 목소리를 돌아보도록 합니다. 단순한 언어로 이루어진 이 작품은 성찰과 성장에 대한 깊은 통찰을 담고 있습니다.

1-7반 수업에서

Midjourney : 많은 사람이 한 사람을 둘러싸고 대화하는 장면, 일본 애니 스타일

칠판

삶은 칠판과 같다

예쁜 그림도

수학 공식도

교훈도

낙서도 있다

칠판은 점점 가득 차고

하얀색으로 전부 채워져

먼지가 쌓이고

늘어나는 기스와 함께 점점 잊혀져 간다

1반 노연준

이 시는 좀 색다르게 삶을 칠판에 빗대었다. 분필로 자신의 기억이나 감정 등을 칠판에 저장하는 것에 비유한 점도 참신하다.

3반 이정섭

마지막 연의 '점점 잊혀져 간다'라는 말에서 어른이 되면 친구들의 기억 속에서 내가 사라질까 봐 두려워졌다.

7반 김민재

우리의 인생도 칠판처럼 가득 채워지지만 점점 하나씩 지워지고 낡아서 잊힌다.

• • •　이 시는 칠판을 통해 인생을 비유적으로 묘사합니다. 다양한 경험과 흔적들이 예쁜 그림, 수학 공식, 교훈, 낙서로 표현됩니다. 시간이 흐르면서 칠판이 가득 차고 먼지가 쌓이는 모습은 삶의 흔적들이 축적되는 과정을 나타냅니다. 기스가 늘어 가며 점점 잊혀 가는 칠판은 기억의 퇴색을 상징합니다. 결국, 삶도 시간이 지나면서 점차 잊히는 과정을 보여 줍니다.

1-7반 수업에서

Midjourney : 교실 칠판, 낙서와 예쁜 그림, 먼지, 인생, 파스텔 스타일

돌멩이 하나

1학년 5반 이지후

"아, 진짜 좀 제대로 해!"
퐁당, 돌멩이 하나가 내 마음의 호수에 날아든다

"그냥 접어라 ㅋㅋㅋ"
풍덩, 묵직한 돌멩이가 날아온다

"넌 왜 그것밖에 못하니?"
풍덩~ 커다란 돌덩이가 사방에 물을 튀긴다

그 돌들이 잔잔한 수면을 뒤흔들고
얼마나 깊이 들어가서 얼마나 바닥에 박혀 있을지
그 누구도
관심이 없다

5반 이윤건
친구가 툭 던진 말에 마음에 큰 상처를 받고, 그 친구를 싫어하게 됐다. 반대로 내가 툭 던진 말도 상대방의 마음을 아프게 할 수 있겠지.

5반 정다니엘
기분대로 막말했던 일이 생각나서 반성을 하게 된다.

6반 김희민
나도 게임을 하다 보면 조금 못했다고 접으라고 하는 말을 듣는데, 굉장히 짜증 나고 상처를 받는다.

1반 송민준
축구하다가 실수해서 욕을 먹었던 적이 있는데 그 한마디에 뭔가 쿵 하고 마음이 무거워지는 느낌을 받았다. 마지막 연에 특히 공감이 간다.

• • • 이 시는 부정적인 말들이 한 사람의 마음에 미치는 영향을 생생하게 그려 냅니다. "돌멩이"라는 물리적인 이미지를 통해, 불친절한 말들이 마음의 평온함을 깨뜨리는 데 얼마나 큰 영향을 미치는지를 묘사합니다. 각기 다른 크기의 돌이 호수에 던져져 파문을 일으키듯, 비판적인 말들이 감정에 남기는 상처의 깊이를 표현했습니다. 마지막 두 줄에서 "얼마나 깊이 들어가서 얼마나 바닥에 박혀 있을지"를 통해, 말의 영향이 얼마나 지속적이고 깊은지를 강조하고 있습니다. 또한 사람들은 겉으로 드러나는 변화에만 신경 쓰고, 그로 인해 생긴 내면의 상처에는 관심이 없다는 점을 날카롭게 지적합니다. 이 시는 언어의 힘과 그로 인한 정서적 영향에 대해 깊이 생각하게 하며, 배려와 이해의 중요성을 일깨웁니다.

1-1반 수업에서

Midjourney : 입에서 단검을 던지는 사람들, 피카소 스타일

우리 반 -기

1학년 5반 신재현

우리 반은 매일 기들로 가득하다

수업 시간 우리는 시끄러운 모기

화난 선생님의 싸한 분위기

그때만 조용한 우리는 사기

쉬는 시간 끊이지 않는 이야기

시시때때 다투는 녀석들의 살기

다른 반 침입자가 부리는 객기

그럼에도 끝나 가는 게 아쉬운 학기

5반 김현우

친구들의 행동이 다 마음에 드는 것은 아니지만 '그럼에도 끝나 가는 게 아쉬운 학기'라는 말에는 정말 공감이 간다.

6반 김동현

항상 우리 반만 싸우고 시끄러운 줄 알았는데 다른 반도 우리 반과 비슷하다니 신기하다.

4반 유민선

시를 랩처럼 표현한 게 새로웠다.

1반 김연호

이 시는 마치 우리 반을 보는 것 같아서 보자마자 공감이 갔다.

••• 이 시는 교실에서의 다채로운 일상을 '-기'라는 반복된 라임을 통해 유머러스하고 생생하게 표현하고 있습니다. 수업 시간의 시끄러운 장면을 "모기"에 비유하고, 선생님의 화난 분위기에도 조용해지는 "사기"라는 대조적인 표현이 재미있습니다. 쉬는 시간의 활발함과 갈등을 "이야기"와 "살기"로 나타내며, 다른 반 학생들의 장난은 "객기"로 묘사합니다. 이러한 혼란스러운 순간들에도 불구하고, 결국 함께한 시간이 끝나가는 것을 아쉬워하는 "학기"가 전체 경험을 긍정적으로 마무리합니다.

1-6반 수업에서

Midjourney : 중학교 남학생들의 다양한 얼굴이 모여 하트 모양을 이룸, 밝고 명랑한 분위기, 종이 공예 스타일

감옥 탈출

1학년 4반 김태환

나는 사자로 태어난 사자다

이유도 없이 좁은 감옥에 들어와 무려 10년이 지났다

이곳은 햇빛도 안 들어오고 썩은 물과 똥 냄새가 방에 가득하다

매일 음식은 강아지 사료뿐이었다

어느 날

사람들이 커다란 박스 속에 맛있는 고기를 넣어 놓았다

고기를 빼서 먹다가 갑자기 문이 닫히고 나는 어디론가 가고 있었다

몇 시간 후 박스 문이 열리고

밖은 푸른 하늘과 잔디가 있는 넓고 튼튼한 우리였다

그리고 사람의 목소리가 들렸다

"이제 여기가 네 새집이야."

1반 전민제
시의 의도를 전혀 파악하지 못하겠고 이해가 되지 않는 부분이 수두룩하다.

1반 김우성
이 시는 마치 내 안의 뇌에 있는 잡생각과 알 수 없는 것들을 시로 표현한 것 같다.

6반 양희본
'사자로 태어난 사자'라는 말부터 무슨 말인지 이해가 안 된다.

4반 김태환
이 시는 실제 김해 동물원에서 지내던 갈비뼈 사자 '바람이'에 대해 쓴 시이다.

● ● ●　이 시는 자유를 갈망하는 존재의 관점에서 억압된 환경을 탈출하는 과정을 그리고 있습니다. 사자로 태어났지만 억울하게 "감옥"에 갇혀, 힘든 환경 속에서 10년을 견뎌 온 경험이 비유적으로 드러나 있습니다. 이 시는 환경의 변화와 그 과정에서 겪는 우여곡절을 통해, 억압과 해방의 경험을 상징적으로 표현하고 있습니다.

1-6반 수업에서

Midjourney : 상자에 갇혀 있는 사자, 모서리 틈으로 들어오는 빛, 봉제 인형 스타일

색

1학년 6반 정윤호

핑크색은 사랑

노란색은 기쁨

파란색은 차분함

빨간색은 분노

보라색은 소심함

이것들은 누가 정했을까?

색을 처음 본 사람은

우리가 지금 떠올리는 의미로 색을 보았을까?

4반 유민선

색들의 의미는 알지만 누가 정했는지 생각해 본 적이 없어서 새로웠다.

1반 이재용

우리는 자연스럽게 '그 색은 그래~' 하는 식으로 이미지를 고정시키는 것 같다.

1반 김수찬

진짜 누가 색깔의 의미를 정했는지 나도 궁금하다. 내 생각에 그 색에서 연상되는 것에서 의미를 정한 것 같다. 나는 빨간색 하면 화산이 생각나고, 화산이 폭발하는 것처럼 사람의 화난 모습이 연상된다.

3반 구진모

나는 무슨 색일까?

• • • 이 시는 색과 그에 얽힌 감정적 의미를 탐구합니다. 각 색이 일반적으로 연관되는 감정을 나열하며, 이러한 연결이 고정된 것이 아님을 질문합니다. "이것들은 누가 정했을까?"는 색의 의미가 사회적 구성물임을 암시합니다. 이어서 "색을 처음 본 사람"이 색을 우리가 아는 방식으로 이해했는지를 묻는 것은 색채와 감정의 관계가 얼마나 주관적인가를 시사합니다. 이는 색에 대한 인식이 얼마나 문화적이고 임의적인지를 생각하게 합니다.

1-7반 수업에서

Midjourney : 무지개, 인상파 스타일

동사

1학년 1반 김수찬

문장에서 동사는 대부분 주어 뒤에 나온다

하지만 우리 엄마는 동사를 앞에 쓴다

동사가 앞에 오면 명령문이 된다

공부해라

청소해라

엄마의 말에서 동사가 뒤로 오면 어떨까?

수찬아, 공부 좀 하자

수찬아, 청소는 했니?

엄마의 문장에서 어순이 바뀌려면

내 행동이 먼저 변해야겠지

5반 이윤건

엄마의 말투에 주어만 추가되어도 말이 포근해져서 신기하다. 물론 내 행동도 변해야겠지.

5반 유태성

평소에 엄마의 말을 잔소리로만 생각했지만, 이 시를 읽고 엄마의 말이 나를 위한 진지한 조언이었다는 사실을 새삼 생각하게 된다.

4반 이도현

우리 부모님들은 자식들에게 절대로 나쁜 말을 하지 않는다. 모두 우리가 잘되라고 하시는 말이다. 우리가 변해야 하는 게 맞다.

•••   이 시는 교묘한 문법적 비유를 통해 가정 내 소통의 변화를 유머러스하게 풀어내고 있습니다. 평소 어머니의 명령형 문장에 대한 관찰이 "동사가 앞에 오면 명령문이 된다"는 언어적 규칙을 통해 드러납니다. 이어지는 예상과 바람, "엄마의 말에서 동사가 뒤로 오면 어떨까?"라는 질문은 명령이 아닌 대화로의 전환을 희망합니다. 마지막 부분에서 "내 행동이 먼저 변해야겠지"는 아이러니하게도 자신의 행동이 변화될 때 상대의 말투도 변할 수 있다는 깨달음을 보여 줍니다.

1-4반 수업에서

Midjourney : 팔짱을 낀 어머니가 중학생 아이에게 화를 내는 장면, 지저분한 방, 화려한 배경, 표현주의 스타일

배터리

1학년 8반 박정현

아침에 일어나면 기분이 상쾌하다
내 배터리는 100%

학교에 가서 친구들과 어울리다
종례하면 50%

학원에서 배터리는 점점 줄어든다
10%

집에 도착하면 난 1%
침대에 누워 다시 배터리를 충전한다

8반 이종인
나는 일어났을 때 0%이고 친구들과 놀면서 100% 채워 가는데, 이 친구는 나와 반대인 듯하다.

8반 박태인
우리의 하루 일과와 똑같이 반복되는 삶을 잘 표현한 것 같다.

6반 김동현
나는 수업 시간에 틈틈이 충전을 한다.

6반 양희본
예전에는 배터리 효율이 좋아 몇 시간만 자도 잘 생활했지만, 이제는 효율이 떨어져서 아침에 일어나기가 싫다.

••• 이 시는 하루 동안 에너지를 비유적으로 묘사하여 일상의 리듬을 표현합니다. 아침에 상쾌하게 시작하는 순간을 배터리 100%로 비유한 것은 신선한 활기를 잘 나타냅니다. 학교에서 친구들과 시간을 보내면서 에너지가 조금씩 소모되어 가는 과정은 현실감을 부여합니다. 학원에서 더욱 줄어드는 배터리 수치는 학생들이 느끼는 피로감을 효과적으로 전달합니다. 집에 도착하여 거의 방전 상태가 되는 모습과 침대에 누워 배터리를 충전하는 마지막 장면은 하루의 피로를 해소하며 새로운 에너지를 얻는 과정을 상징적으로 보여줍니다.

1-4반 수업에서

Midjourney : 침대에 누워 거대한 배터리 충전, 3D 스타일

아기 거북이

1학년 4반 장예준

아기 거북이가 알을 깨고 나온다. 아기 거북이들은 바다를 향해 간다. 하지만 그들은 갈매기를 만나 하나둘 사라져 간다. 나는 더욱 빨리 기어간다. 마침내 바다에 도착했지만 주위를 아무리 둘러보아도 이제 내 곁에는 아무도 없다.

1반 송민준

거북이가 부화해서 바다로 나가는 장면을 통해 무엇을 말하고 싶은 것인지 모르겠다.

1반 노연준

정말 한국 사회의 모습을 잘 표현했다. 우리가 취직하면 다 잘된 것 같지만 막상 곁에 아무도 없는 게 사실이다.

6반 김민성

죽을 고비를 넘기고 목적지에 도달했지만 곁에 아무도 없이 혼자라는 점에서 마치 삶의 비참함을 말하는 것 같다.

6반 이상윤

극소수만이 성공하는 우리 사회에 대한 풍자를 매우 신박하게 했다.

4반 유민선

더 빨리 기어갈수록 주변엔 아무도 없다.

4반 조성윤

다른 사람을 신경 쓰지 않으면 살게 되지만, 혼자 남게 된다는 점이 인상적이다.

• • •　이 시는 아기 거북이의 생존 여정을 통해 삶의 고군분투와 고독을 상징적으로 표현합니다. "아기 거북이가 알을 깨고 나온다"는 시작은 새로운 시작과 잠재력을 의미하며, 바다를 향한 여정은 목표를 향한 노력과 도전을 나타냅니다. 갈매기들은 자연의 위협이자 예기치 않은 장애물로, 인생에서 마주치는 어려움과 같은 역할을 합니다. "나는 더욱 빨리 기어간다"는 구절은 생존 본능과 목표 달성을 위한 필사적인 노력을 잘 드러냅니다. 마지막에 바다에 도착했지만 주위에 아무도 없다는 깨달음은 성공의 순간에도 느낄 수 있는 외로움을 강조합니다.

1-6반 수업에서

Midjourney : 바다를 향해 기어가는 아기 거북이, 모자이크 스타일

수학 문제

1학년 4반 박재용

이해할 수 없고 다가가기 힘든 수학 문제

그 어려움을 포기하지 않고 푸는 순간

뿌듯함과 기쁨이 파도처럼 밀려온다

인생은 수학 문제 같다

닥친 문제에 좌절하지 않고 노력한다면

행복한 삶이 파도처럼 넘실거리며 찾아올 것이다

5반 박준혁

나도 퍼즐 맞출 때 처음에는 포기하고 싶었지만, 끝까지 퍼즐을 다 맞추고 나니 정말 뿌듯했다.

1반 김태현

어려운 수학 문제를 풀었을 때는 정말 이 맛에 공부한다는 생각이 든다.

1반 전민제

비유는 조금 진부하지만 인생에서 닥치는 문제를 잘 표현한 것 같다.

7반 김태완

수학 문제 풀고 기쁨과 뿌듯함이 몰려오면 다음 문제는 꼭 틀리더라.

• • • 이 시는 수학 문제를 통해 인생의 도전과 성취를 비유합니다. 이 해하기 어려운 수학 문제는 삶의 복잡한 문제를 상징합니다. 이를 포기하지 않고 풀었을 때 느끼는 기쁨은 성취감을 파도에 비유해 생생하게 전달됩니다. 인생에서의 어려움도 수학 문제처럼 끈기 있게 해결하면 됩니다. 그러면 행복한 삶이 자연스럽게 찾아온다는 긍정적 메시지를 줍니다.

1-8반 수업에서

Midjourney : 넘실거리는 파도, 일본 전통 판화 스타일

태엽

1학년 3반 이정섭

인생은 태엽을 감는 것과 같다

태엽을 감기 전까지는 아무것도 할 수 없다

얼마나 감는가에 따라

멀리 갈 수도 조금 밖에 가지 못하고 멈출 수도 있다

대부분의 사람들은 이 사실을 잘 알고 있지만

태엽을 공들여 정성껏 감는 사람은 별로 없다

그래서 인생은 더욱 태엽을 감는 것과 같다

1반 송민준

이 시를 읽고 내 태엽은 얼마나 감겨 있는지 생각해 보게 되었다.

1반 강태양

태엽을 모터와 같은 전동기로 편하게 대신할 수도 있다. 하지만 태엽을 감는 과정에서 필요한 노력과 힘듦이 우리에게 진정한 행복을 준다고 생각한다.

4반 최승우

나는 아직까지 태엽을 조금밖에 감지 못한 것 같다.

7반 서태경

인생을 대충 살지 않고 더 열심히 살면 성공할 확률이 올라간다.

●●●　이 시는 인생을 태엽에 비유하여 준비와 노력이 필수적임을 강조합니다. 태엽을 감는 행위는 목표를 위한 준비를 상징합니다. 노력의 정도가 성취와 직결된다는 점을 "얼마나 감는가에 따라"라는 구절로 표현합니다. 많은 사람이 준비의 중요성을 알지만 실천하지 않는다는 현실을 지적합니다. 결국 인생은 준비된 만큼 성과를 올릴 수 있음을 상기시킵니다.

1-4반 수업에서

Midjourney : 도시, 등 뒤에 태엽 장치가 붙어 있는 사람, 팝아트 스타일

선택 장애

중요한 시험을 보는 날

한 문제를 두고 갈팡질팡하는 나

1번일까? 2번이면 어쩌지

2번일까? 1번이면 어쩌지

그만 종료령이 울리고

두 손은 머리 위에

마킹을 못한 후회만 밀려온다

한번 찍어나 볼 걸

5반 이지후

나아가 인생도 그렇지 않을까? 나에게 온 기회를 빠르게 잡지 못하면, 인생에서도 이런 경험을 하게 될 것이다.

5반 김도현

시험뿐만 아니라 물건을 고를 때, 장래 희망을 생각할 때, 인생의 갈림길에 있을 때 고민을 하다 결정하지 못하는 것보다는 두려워 말고 선택을 해야 한다.

7반 익명

어떤 선택을 할 때 둘 중 고민만 하다 못하는 경우가 있다. 하지만 안 하는 것보단 틀리더라도 아무것이나 해 보는 것이 낫다.

●●● 　이 시는 시험 중 누구나 겪을 수 있는 선택의 딜레마와 그로 인한 후회를 생생하게 표현합니다. 시험 문제를 앞두고 "1번일까? 2번이면 어쩌지"라는 반복적인 고민은 학생들이 느끼는 불안을 잘 나타냅니다. 시간은 흐르고 종료령이 울리며 어쩔 수 없이 문제를 푸는 기회를 놓치고 만 순간이 강조되어 긴장감을 줍니다. 마지막에 "한번 찍어나 볼 걸"이라는 후회는 선택하지 못한 데서 오는 아쉬움을 강하게 전달합니다.

1-1반 수업에서

Midjourney : 감방, 두 개의 문, 로블록스 스타일

주유소를 보면서

1학년 7반 노두현

차에 기름을 넣으면
힘차게 움직이고

동물에게 먹이를 주면
생기를 띠며

자전거 바퀴에 바람을 넣으면
팽팽해지듯

나도 다른 사람에게 활력을 되찾게 해 주는
무언가를 줄 수 있으면 좋겠다

1반 박준영

나도 항상 지나가다 보면 몸이 좀 안 좋으신 분들이나 길바닥에서 야채 등 파시는 할머니에 마음이 아팠던 기억이 있다. 언젠가 기회가 되면 좋은 일을 해 볼 것이다.

4반 선준후

다른 사람에게 활력을 되찾게 할 무언가를 해 주고 싶다는 따뜻한 마음이 느껴진다.

1반 송호현

두현이와 7년을 같이 놀았는데 두현이가 이런 시를 쓴 게 신기하다.

5반 정성한

시를 읽고 남들에게 도움을 주지 못해 갑자기 미안해졌다.

•••   이 시는 여러 가지 일상적인 상황을 통해 활력을 주는 행위의 중요성을 강조합니다. 차에 기름을 넣고, 동물에게 먹이를 주며, 자전거 바퀴에 바람을 넣는 일은 각 대상에 힘과 생기를 불어넣습니다. 이러한 행위들은 모두 다른 존재를 활기차게 하는 것을 상징합니다. 마지막으로, 시인은 자신도 다른 사람들에게 활력을 줄 수 있기를 바라는 소망을 표현합니다. 이는 타인에게 긍정적인 영향을 미치고 싶은 마음을 잘 담고 있습니다.

1-5반 수업에서

Midjourney : 다 함께 웃고 있는 중학생들, 밝고 활기찬 분위기, 수채화 스타일

행복

1학년 7반 한서준

게임을 하면 흥분되고

친구와 있으면 즐겁고

맛있는 것을 먹으면 배가 부르다

하지만 이러한 행복은 금방 사라진다

입속의 솜사탕처럼

1반 김수찬

인생에서 우리는 사소하고 짧은 행복보다는 사라지지 않을 긴 행복을 찾아야 한다.

1반 박준영

실망하지 마. 행복이 금방 사라져도 더 큰 행복이 찾아올 테니까.

4반 윤호진

행복이 막상 끝나고 나면 아무것도 아니듯 힘든 일도 끝나면 아무렇지 않다.

2반 박현진

이 세상에 영원한 행복은 없지만, 행복한 순간을 많게 하는 법은 있다. 인생의 목표는 그 방법을 찾는 것이다.

3반 한재윤

마지막 연에서 행복을 솜사탕으로 비유한 것이 마음에 든다.

• • • 이 시는 일상에서 경험하는 다양한 종류의 행복을 탐구합니다. 게임에서의 흥분, 친구와 함께할 때의 즐거움, 맛있는 음식을 먹었을 때의 만족감은 모두 순간적이지만 강렬한 기쁨으로 표현됩니다. 그러나 이러한 행복이 "입속의 솜사탕"처럼 쉽게 사라진다는 비유는 그 덧없음을 강조합니다. 이는 일시적인 기쁨의 본질과 그 순간들이 얼마나 쉽게 지나가는지를 상기시킵니다.

1-5반 수업에서

Midjourney : 달콤하게 녹는 솜사탕, 뒤섞인, 밝고 행복한, 귀엽고 사랑스러운, 달리 스타일

오뚝이

나는 매일 오뚝이처럼 넘어진다

하지만 다시 일어난다

아파도 일어나고 쓰러져도 다시 일어난다

계속 넘어져도 끊임없이 일어난다

그렇게 무한의 굴레에서 벗어나지 못하지만

앞으로 나아가다 보면 언젠가는 이 굴레에서 벗어나겠지

1반 김연호

오뚝이는 굴레에서 벗어나지 못하기 때문에 마지막 연에서 살짝 비유가 아쉽다.

5반 홍가람

맨 마지막 구절이 왠지 죽음을 암시하는 것 같아 기분이 좋지 않다.

5반 이윤건

학원에서 처음 테스트 점수가 1/6점이어서 충격을 받았지만 포기하지 않고 더욱 열심히 공부했더니 4/6점을 받았다. 열심히 노력하면 굴레를 벗어나 대학이란 곳으로 갈 수 있겠지.

5반 이재희

이 친구가 이런 생각을 하고 있는 줄 몰랐다. 응원하고 싶다.

2반 이지성

사람 사는 인생에서 좋은 일만 있는 게 아니다. 친구와 싸울 수도 있고 시험에서 원하는 점수를 못 받을 수도 있다. 우리가 이런 일에도 계속 일어나는 이유는 앞으로 좋은 일이 생길 것이라는 믿음 때문이다.

••• 이 시는 끈기와 회복력을 오뚝이에 비유하여 표현합니다. 주인공은 오뚝이처럼 매일 넘어지지만, 끊임없이 다시 일어서는 모습을 보여 줍니다. 아픔과 쓰러짐에도 불구하고 계속해서 도전하는 과정은 삶의 힘든 순간들을 잘 반영합니다. 무한한 굴레처럼 보이는 이 반복에서도 희망을 잃지 않고, 나아가는 과정에서 언젠가 이러한 굴레를 벗어날 수 있을 것이라는 긍정적인 기대를 품고 있습니다.

1-4반 수업에서

Midjourney : 중학생 소년이 바닥에 넘어졌다가 일어서려는 모습, 픽셀 스타일

다이아몬드

1학년 7반 안유준

다이아몬드는 높은 압력을 오랫동안 받아

비로소 빛난다

삶 또한 실패와 고통을 참고 버티며

노력하면 비로소 밝게 빛이 난다

더러 가짜 다이아몬드처럼

삶을 속여 성공을 하여도

그것은 가치 있게 빛나지 않는다

4반 윤호진

축구도 노력하고 힘들게 프로선수가 되면 인정받는다. 그런데 인맥으로 프로에 가면 유명한 사람이 될 수 없다.

5반 김준택

가끔 수학 숙제를 할 때 답지를 베낀 적이 있는데 나한테 도움이 전혀 되지 않았다.

5반 정성한

사기꾼이나 사채업자처럼 남을 속여 돈을 많이 버는 건 빛나는 인생이 아니다.

2반 장원준

가끔은 아무리 노력을 하고 버텨도 빛나지 않는 것도 있는 것 같다.

2반 이지후

우리가 학교에서 공부하는 것도 학원과 과외에 다니는 것도 다 '비로소 밝게 빛이 나기' 위해서인 것 같다.

•••　이 시는 다이아몬드가 빛나기까지의 과정을 통해 인생의 진정한 성공을 비유적으로 표현합니다. 다이아몬드는 높은 압력을 견뎌야만 빛나는 존재로 변모하듯이, 삶도 실패와 고통을 견디며 노력해야만 진정으로 밝게 빛날 수 있다고 강조합니다. 한편, 가짜 다이아몬드처럼 삶을 속여 이루어지는 성공은 진정한 가치를 지니지 못한다고 경계합니다.

1-6반 수업에서

Midjourney : 높은 산꼭대기에서 빛나는 다이아몬드 하나, 캐논 사진 스타일

원치 않는 항해

1학년 4반 안은진

가끔은 생각하고 싶지 않은 기억들이 올라온다. 기억의 수면 위로 흑역사라는 배가 항해를 시작한다. 영원히 돌아오지 않으면 좋겠지만 바다는 너무나 잠잠해서 자꾸만 항구로 배가 돌아온다. 어디서부터 시작된 것인지 모를 이 배의 항해는 끊임없이 바다를 돌고 돈다. 그러다가 가끔씩 항구에 머물면서 내 마음을 어지럽힐 때도 있다. 그런 때에는 심히 고통스럽다. 간혹 배가 침몰할 때가 있다. 하지만 곧 자잘한 기억들의 그물을 따라가 보면 그 그물의 끝에는 항상 그 배가 수면 위로 떠올라 있었다. 나의 작은 실수들로 인해 그 배는 만들어져 버렸다. 그 배들을 만드는 조선소를 부수고 싶을 때도 있다. 하지만 조선소가 없으면 나는 살지 못할 것이다. 그 배를 완전히 부숴 버릴 수는 없겠지만 어느 정도는 감출 수 있으면 좋겠다.

4반 정재헌
흑역사에 너무 휘둘리지 않길 바랄게.

4반 김호연
자신의 흑역사를 배에 비유한 것이 매우 참신하다.

4반 강영웅
지나간 과거에 계속 머무는 순간 넌 패배자가 되는 거야.

1반 이성인
이 시를 읽으니 초등학교 때 후회스러운 일들이 떠올랐다.

2반 조서윤
모두에게 흑역사가 있다. 그 배가 항해를 해서 수평선 너머로 사라지는 순간은 거의 없다. 항상 항구 근처에서만 머물 뿐.

••• 이 시는 불쾌한 기억과의 고통스러운 싸움을 항해에 비유하여 정교하게 표현하고 있습니다. "기억의 수면 위로 흑역사라는 배가 항해를 시작한다"는 구절은 아픈 과거가 다시 떠오르는 과정을 시각적으로 드러냅니다. "바다는 너무나 잠잠해서 자꾸만 항구로 배가 돌아온다"는 표현은 그 기억을 피할 수 없는 현실로 묘사하며, 반복되는 감정적 고통을 강조합니다. "그 배를 완전히 부숴 버릴 수는 없겠지만 어느 정도는 감출 수 있으면 좋겠다"는 마지막 구절은 과거를 받아들이고 싶지만 감추고 싶다는 복잡한 감정을 드러냅니다. 이 시는 기억의 고통과 그로 인한 고독을 깊게 탐구하며, 독자로 하여금 자신의 과거와 마주하는 어려움을 상기시킵니다.

1-4반 수업에서

Midjourney : 뫼비우스의 띠 위처럼 생긴 바다 위를 항해하고 있는 낡은 배

술래잡기

1학년 4반 장지호

꼭꼭 숨어라 머리카락 보일라

난 내 마음과 술래잡기 중이다

나는 내 속마음을 도무지 찾을 수가 없다

못 찾겠다 꾀꼬리!

결국 못 찾고 술래잡기가 끝나고야

내 속마음이 나왔다

아…

조금만 일찍 찾았으면 말할 수 있었을 텐데

7반 이태인

기다리고 기다리다 결국에는 놓친 구슬픈 사랑이 떠오른다.

4반 안예일

속마음을 찾는 걸 술래잡기로 표현한 점이 좋아.

2반 이시윤

술래잡기는 재있는데 내 마음을 찾는 일은 그렇지 않다.

2반 백용재

내 마음을 진짜 말해야 할 땐 속마음이 나오지 않았던 경험이 떠오른다.

7반 송승훈

속마음과의 술래잡기에서 이기기는 어려울 것이다. 하지만 속마음을 잡는 날에는 너는 한층 성장해 있을 거야.

• • •　이 시는 내면의 갈등과 자아 탐색을 술래잡기에 비유하여 표현하고 있습니다. "꼭꼭 숨어라 머리카락 보일라"는 숨겨진 감정과 마음속의 진실을 찾으려는 시도를 뜻하며, 이는 어린 시절의 놀이를 상기시킵니다. "난 내 마음과 술래잡기 중이다"는 자아를 찾으려는 갈망을 드러내며, 복잡한 감정의 불확실함을 여실히 느끼게 합니다. "결국 못 찾고 술래잡기가 끝나고야 내 속마음이 나왔다"에서 진정한 자신을 이해하는 것이 쉽지 않다는 것을 보여 줍니다. 마지막 구절 "조금만 일찍 찾았으면 말할 수 있었을 텐데"는 때로는 감정을 이해하는 데 있어 타이밍이 중요하다는 아쉬움을 전달하고 있습니다.

1-4반 수업에서

Midjourney : 숨어 있는 내 마음을 찾으러 다니는 나

일장춘몽

1학년 4반 조휘송

어떤 향기에 이끌렸다

향기를 따라가 보니 생전 처음 본 꽃이 있었다

아. 아. 이쁜 꽃이네

향긋한 꽃가루에 빠져

꽃을 불러 보았지만

꽃은 나에게 대답하지 않았다

꽃에는 따갑고 날카로운 가시가 있었다

아. 아. 아파라

나는 이 상처를 치료해야 한다

매일 밤 나는 그 꽃이 나에게

꽃잎을 활짝 펴 줄까 생각하지만

아. 아. 꿈이었구나

7반 이태민
사랑의 양면성이 드러난다.

5반 이지오
마지막 부분에서 아쉬움이 느껴진다.

7반 오선우
자각몽인가요?

• • •   이 시는 사랑과 환상, 그리고 그로 인해 겪는 상처를 섬세하게 표현하고 있습니다. "어떤 향기에 이끌렸다"는 시작은 호기심과 기대감으로 가득 차 있으며, 새로운 가능성에 대한 탐색을 암시합니다. "아. 아. 이쁜 꽃이네"라는 구절은 순수한 사랑에 빠졌을 때의 감탄을 잘 전달합니다. 하지만 "꽃은 나에게 대답하지 않았다"는 고백은 사랑이 항상 서로의 감정으로 이어지지 않음을 드러내어, 상대의 무관심이나 거리감을 시사합니다. "꽃에는 따갑고 날카로운 가시가 있었다"는 상처와 아픔을 상징하며, 이 과정에서 느끼는 고통이 강하게 드러납니다. 마지막 구절 "아. 아. 꿈이었구나"는 희망과 기대가 결국은 환상에 불과했음을 아쉬워하며, 사랑의 덧없음과 그로 인한 고뇌를 깊이 있게 탐구합니다.

1-4반 수업에서

Midjourney : 아름다운 꽃, 줄기에 날카로운 가시가 난

댓글

1학년 7반 유준하

SNS 댓글들은 물감 같다

조금만 다른 색이 섞여도

색이 변하는 물감처럼

밝은 댓글에도 어두운 댓글이 달려

다음부터는

오랫동안 쓴 팔레트처럼

모두 섞여서

뒤죽박죽이다

7반 익명

SNS는 사람들에게 열등감을 느끼게 한다.

6반 나연호

누군가 한 명이 물을 흐리면 엉망이 되어 버린다고 느꼈던 적이 많아서 공감이
간다.

1반 양하율

밝고 어두운 면은 어디서나 있는 것 같다. 하지만 그 색들이 합쳐서 새로운 색
을 만들어 낸다.

1반 김우성

각양각색 사람들의 생각을 물감이라는 표현으로 잘 살린 것 같다.

4반 안은진

좋은 글에도 꼭 딴지를 거는 사람들이 있지.

••• 이 시는 SNS 댓글의 특성과 그 영향을 물감에 비유하여 생동감 있게 표현하고 있습니다. 물감처럼 댓글도 쉽게 그 분위기가 변질될 수 있다는 점을 강조합니다. 밝고 긍정적인 댓글 속에 부정적인 댓글이 더해지면 전체적인 분위기가 혼란스러워지고 어두워질 수밖에 없다는 것을 "오랫동안 쓴 팔레트"로 묘사한 부분이 인상적입니다. 이 비유는 온라인 상호작용의 복잡성과 그 속에서 감정이 어떻게 변화하는지를 잘 나타내며, 한 사람의 부정적인 말이 전체 흐름에 큰 영향을 미칠 수 있음을 경고합니다. 이러한 표현은 독자들에게 댓글의 영향력을 다시금 생각하게 하며, 온라인 커뮤니티에서의 책임 있는 소통의 중요성을 일깨워 줍니다.

1-7반 수업에서

Midjourney : 하얀색 휴대폰의 위에 여러 가지 색깔의 물감 방울들이 떨어져서 팔레트처럼 섞여서 어두운색의 괴물로 변한 모습

자기소개

1학년 3반 박시우

나는 속이 꽉 찬 공갈빵이다

나는 가득 차 있는데
남들 눈에 보이는 건 아무것도 없으니까

4반 김호연
자신의 재능을 몰라주는 세상을 향한 원망과 속상함이 묻어난다.

6반 조성원
'누가 나를 평가해? 나는 나야'를 잘 표현한 것 같다.

6반 구본영
나도 잘하려고 노력하는데 남이 몰라주어서 공감이 간다.

2반 안세준
아무도 알아주지 않는 자신의 속마음을 '공갈빵'에 비유한 점이 인상 깊어.

3반 이승민
아무리 열심히 해도 주변 사람들이 몰라줄 때가 가끔 외롭고 슬프기도 해.

5반 강다온
글쓴이는 다른 사람들과 받아들이는 것이 다른 것 같다. 나는 다 했는데 남들은 아직 남았다고 하는 경험이 떠올랐다.

● ● ●　이 시는 자아에 대한 깊은 성찰을 간결하지만 강렬하게 표현하고 있습니다. "속이 꽉 찬 공갈빵"이라는 독특한 비유를 통해, 겉으로는 비어 보이지만 내면에는 많은 것들이 가득 차 있다는 메시지를 전달합니다. 이는 자아와 내면을 타인에게 충분히 보여 주지 못하는 현실에 대한 아쉬움과 고독을 나타내는 듯합니다. 내면의 풍부함과 외부의 인식 간의 차이를 사려 깊게 표현한 점이 돋보입니다.

1-3반 수업에서

Midjourney : 외롭고 슬픈 표정을 짓고 있는 빵 덩어리

죽음이란

1학년 3반 송서호

죽음은 바람과 같다
늘 내 곁에 있으니까

죽음은 ?와 같다
항상 알 수 없으니까

7반 김도경
죽음은 항상 가까이에 있다는 것을 잊고 있었는데 이 시를 읽고 문득 다시 생각
났다.

5반 김민성
죽음은 시한폭탄과도 같다.

6반 신승원
나도 죽음에 대해 많이 생각해 본다. 그런데 하나도 모르겠다.

1반 김우성
언제 어디서 순식간에 일어날 것만 같은 죽음. 난 오래 살래요~

1반 김현서
인생은 길어야 100년 시한부다.

3반 권준형
나는 죽음이 멀리 있다고 느끼는데 이 친구는 가까이 있다고 생각하는 것 같아.

• • • 　이 시는 죽음을 일상의 자연 현상에 비유하면서도 그 본질을 탐구합니다. "죽음은 바람과 같다"는 구절은 물리적으로 보이지 않더라도 항상 우리 주변에 존재하는 것으로 죽음을 표현하고 있습니다. 뒤이어 "죽음은 ?와 같다"라는 구절은 죽음의 본질을 알 수 없는 미지의 것으로 묘사하며, 그 불확실성과 미스터리를 물음표로 형상화한 점이 인상적입니다. 이 물음표는 각자가 죽음을 어떻게 받아들이고 이해하는지가 다를 수 있음을 나타내며, 독자들에게 깊은 사고를 유도합니다.

1-3반 수업에서

Midjourney : 물음표 모양의 낫을 들고 있는 죽음의 사신, 망토로 얼굴을 가린

사춘기

1학년 1반 송하석

거센 비바람을 막아 주는 벽

뜨거운 더위를 가려 주는 지붕

휴식과 안정을 주는 방

이 모든 것이 나에게서 점점 멀어져 간다

집이 멀어지면서 비바람과 더위는

온전히 나의 몫이다

외롭고 아프지만

견뎌 낸다면

나는 비로소 튼튼한 집이 될 것이다

1반 김우성
사춘기라는 힘든 시기를 지나서 비로소 성숙한 어른이 된다는 의미 같아.

2반 김규원
사춘기는 마냥 안 좋은 것인 줄 알았는데 견디면 튼튼한 집이 된다는 표현이 멋있다.

7반 안선우
'이 모든 것이 나에게서 점점 멀어져 간다'는 사람들과의 관계에서 점점 '독립적으로 되어 가는 사춘기 학생'을 잘 비유한 것 같다.

• • •　이 시는 사춘기를 겪는 청소년의 내적 변화를 집의 이미지로 비유하여 깊이 있게 표현하며 사춘기를 통해 자립과 성장을 묘사합니다. 보호해 주던 벽과 안정을 주던 방이 멀어지면서, 혼자서 세상의 어려움을 마주하게 됩니다. 사춘기의 고난인 "비바람과 더위"를 온전히 자신의 몫으로 받아들이게 되는 과정을 통해, 외롭고 아프지만 그 과정을 견뎌 내야 진정 성숙하고 튼튼한 "집"이 될 수 있다는 통찰을 전합니다.

1-1반 수업에서

Midjourney : 우리 집, 아늑하고, 편안하고, 휴식과 안정을 주는, 단단한, 튼튼한

시작 그리고 끝

1학년 7반 윤동진

우리는 제각각 국적과 지역과 가정이 다르게 태어난다

나뭇잎처럼 높아서 상쾌한 공기를 마시는 금수저

줄기가 기둥에 붙어 있듯 부모님에 기댈 수 있는 은수저

아무리 열심히 일해도 영양분을 나뭇잎과 줄기에 뺏기는 흙수저

하지만 시작은 불공평해도 끝은 똑같다

나뭇잎, 줄기, 뿌리가 나중에 거름이 되는 것처럼

시작과 다르게

우리도 죽을 때는 우리의 영혼만이 남는다

1반 김현서

부모님이 가진 재산이 달라서 차별받는 사람들의 상황과 그 끝을 잘 표현하고 있다.

1반 정인서

나는 인생은 긴 꿈이라고 생각한다. 꿈에서 로또 1등에 당첨되어도 현실에서 부질이 없는 것처럼, 현생에서 로또 1등에 당첨되어도 죽고 나면 부질이 없다.

6반 신천둥

이 시는 우리 인생의 끝에는 아무것도 남지 않는다는 메시지를 담고 있다.

7반 오선우

시작이 다른데 끝은 같으면 불공평하네.

• • •　이 시는 인생의 시작과 끝을 자연의 이미지에 비유하여 사회적 불평등을 탐구하고 있습니다. "금수저", "은수저", "흙수저"라는 표현은 출발선에서의 차이를 확실하게 드러내며, 같은 나무의 다른 부분들로 비유함으로써 각기 다른 조건에서 출발한다는 사실을 상기시킵니다. 그러나 마지막 부분에서 인생의 종착점은 모두가 같다며 끝에서의 평등을 이야기합니다.

1-7반 수업에서

Midjourney : 나뭇잎은 금빛 인간의 모습, 줄기는 은빛 인간의 모습, 뿌리는 흙빛 인간을 형상화한 나무

공붓벌레

1학년 7반 임찬혁

부모님들이 좋아하는 벌레가 있다

'공붓벌레'

그들은 이 벌레에 대해 감탄하면서

각자가 키우는 벌레와 비교한다

자신의 벌레가 서로 경쟁을 하면서

자신들이 원하는 모습으로 변하는 것을 당연하게 여긴다

우리도 껍데기를 깨고 넓은 세상으로 나가고 싶지만

그저 아직도 벌레일 뿐이다

1반 김현서
부모님의 기대에 부응하느라 하고 싶은 것을 못 하는 지금 청소년들을 잘 표현한 것 같다.

2반 김영유
우리 부모님도 다른 아이와 비교하고 공부하라는 말만 반복해서 공감된다.

7반 윤동진
부모님은 우리의 미래를 위해 하신 말씀이겠지. 하지만 그 말씀이 우리를 더 힘들게 하는 것 같아.

7반 이찬빈
우리들은 항상 친구들과 경쟁을 하고 부모님은 남의 아이와 비교해서 나의 자존감을 무너트린다. 나도 빨리 나의 껍데기를 깨고 힘찬 날갯짓을 하고 싶다.

• • • 이 시는 "공붓벌레"라는 익숙한 표현을 통해 학생들이 겪는 학업과 사회적 압박을 비판적으로 탐구합니다. 마지막 구절에서 "껍데기를 깨고 넓은 세상으로 나가고 싶지만 그저 아직도 벌레일 뿐이다"는 학생들이 느끼는 답답함과 미래에 대한 열망을 잘 담아내고 있습니다. 이 시는 학업과 성장이란 과정에서 개인의 자아와 꿈이 억압당할 수 있다는 점을 풍자적으로 표현하며, 이를 통해 독자들에게 중요한 질문을 제기합니다.

1-7반 수업에서

Midjourney : 배경은 알껍데기 속, 서로 치열하게 경쟁하는 애벌레, 책을 들고 있는

모두가 원하는 사회

1학년 7반 정시우

사회는 마치 균형이 맞지 않는 저울 같다

한쪽이 원하는 대로 하면 저울은 그쪽으로 기울고

그렇게 균형을 맞추려고 저울질만 계속하면

저울은 무너져 내릴 것이다

저울의 완벽한 균형을 추구하는 일은 헛된 노력일 뿐

한쪽으로 조금 기울더라도

서로 이해하고 배려하며 살아가야 한다

세상에서 완벽한 균형은 없다

1반 정인서

사회는 균형이 맞는 않는 저울과 같다는 말이 현 사회의 상황과 비슷해서 매우 공감이 된다. 하지만 항상 기울지 못한 저울 쪽에 속한 사람들은 이해와 배려만 해야 하는 것일까?

7반 익명

균형이 맞지 않는 저울이 오히려 진짜 저울일 수 있다. 세상에 정답은 없고 사람들이 택해서 가는 곳이 좋든 싫든 길이 된다.

1반 양하율

서로 힘든 일이 없을 수 없다. 우리는 그것을 감수하고 배려하며 살아야 한다.

• • • 　이 시는 사회의 복잡성과 불완전성을 저울의 이미지로 표현하며, 완벽한 균형을 추구하는 것이 얼마나 어려운 일인지를 잘 말하고 있습니다. 그러나 시는 완벽한 균형을 추구하기보다는, 약간의 불균형 속에서도 이해와 배려를 통해 살아가는 것이 중요하다는 긍정적인 메시지를 전달합니다. 이는 사회 구성원 간의 협력과 공감이 필요함을 강조하며, 이상보다는 현실적인 접근법을 제안합니다.

1-7반 수업에서

Midjourney : 양팔 저울이 균형이 맞지 않아서 기울어진, 무너져 내리는 저울, 떨어지는 사람들

사랑은 달콤한 사탕처럼

1학년 4반 유진오

사랑은 달콤한 사탕과도 같다

사탕을 과다 섭취하면
비만 당뇨를 비롯한 여러 질병에 시달리는 것처럼

지나친 사랑의 끝은 고통 안에 있다
결국 사랑과 고통은 공존할 수밖에 없다

4반 김진리
사랑을 시작한 지 14일 차. 아직 달콤하다.

4반 김호연
이 시를 읽고 '과유불급'이라는 사자성어가 생각났다.

3반 익명
마치 내 친구의 XX와 OO의 사랑 같다.

7반 윤재승
어쨌든 나도 그 사탕의 맛을 느껴보고 싶다.

1반 송하석
사랑 이외에도 이 세상에 모든 달콤한 것들은 항상 쓴 것들과 함께 있다.

5반 익명
내게는 사랑 없이 왜 고통만 있을까?

● ● ● 이 시는 사랑을 일상적인 사탕에 비유하여 그 이중적인 면모를 잘 드러내고 있습니다. "달콤한 사탕"은 사랑의 달콤함과 즐거움을 상징하며, 이는 모두에게 친숙한 감정이자 경험일 것입니다. 그러나 사탕의 과다 섭취가 건강에 악영향을 미치듯, 지나친 사랑이 결국 고통을 초래할 수 있다는 점을 경고합니다. 이 시는 사랑의 행복과 고통이 공존한다는 사실을 간결하면서도 명료하게 전달하며, 사랑에 대한 경각심과 균형의 중요성을 일깨워 줍니다.

1-1반 수업에서

Midjourney : 사랑하는 사람의 얼굴

국회의원

1학년 7반 이태인

국회의원들은 나라의 구멍이다

나라와 국민들을 위해서가 아니라
자기 자신의 배를 채우려고 일한다

나라와 국민들을 위한 법이 아닌
자기 자신을 위한 법을 만든다

국회의원들은 돈 빠지는 구멍이다

6반 박진성

나도 최근에 뉴스를 보면 이 시와 비슷한 생각이 들어. 하지만 내 생각에는 이 시는 너무 비난적인 것 같아. 모든 국회의원이 사라진다면 한국에는 재앙이 올 것이고 법이 잘 구축이 안 될 것 같아. 그래서 국회의원이 무조건 나쁜 존재는 아닌 것 같아.

4반 정재헌

정치를 이용해서 자기 이익을 추구하는 국회의원들을 비판하는 말에 속이 시원하다.

3반 이승민

뉴스를 보다 보면 우리의 미래도 저럴까, 하는 생각이 많이 들곤 해.

7반 고병준

너무 주관적인 것 같다. 우리를 위해 법을 만드는 국회의원도 있으니 그저 돈 빠지는 구멍이라는 말에 동의하지 않는다.

● ● ●　이 시는 국회의원을 비판적으로 묘사하며, 그들의 역할을 부정적으로 바라보고 있습니다. "나라의 구멍"이라는 표현은 책임을 다하지 않고 사익을 추구하는 모습을 강조합니다. 국민을 위한 법이 아닌, 자신을 위한 법을 만든다는 부분은 부패와 이기심을 날카롭게 지적합니다. "돈 빠지는 구멍"이라는 표현으로 공공 자원의 낭비를 경고하며, 권력을 남용하는 정치인의 태도를 비판합니다. 이 시는 정치의 투명성과 책임성을 요구하는 목소리를 대변합니다.

1-1반 수업에서

Midjourney : 도시에 생긴 거대한 싱크홀

잊고 싶지 않았다

1학년 1반 김우성

잊고 싶지 않았다

그대와 함께 있었던 날

하하 호호 웃고 항상 즐거웠던 순간들이 떠났다

왜 그래야 되지?

난 이해할 수 없는데

그대가 떠나기엔 아직 이른 것 같은데

돌이킬 수 없었던 그날 저녁,

그대는 떠났다

이제 끝났어. 다 끝났어. 완전 끝났어.

눈물을 참으며 보낸다

그대와의 추억을 되새기며

안녕, 나의 방학아

1반 주현준

'눈물을 참으며 보낸다'는 부분은 너무 과장이다.

2반 조서윤

방학을 자신을 떠난 사람에 비유해서 붙잡는 듯이 표현한 점이 기발했어.

2반 김은기

처음에는 이 시가 여자 친구에 대한 내용이라고 생각했는데 방학이 그립다니 재미있고 공감되네요.

● ● ●　이 시는 방학의 끝을 아쉬워하는 마음을 진솔하게 담고 있습니다. "그대"를 방학에 비유하여 특별한 시간을 의인화했습니다. 즐거웠던 순간들이 끝난다는 것을 받아들이기 힘들어하는 마음이 잘 드러납니다. "돌이킬 수 없었던 그날 저녁"은 방학이 끝났음을 상징하며, 마지막 부분에서는 추억을 간직한 채 이별을 받아들이려는 모습을 보여 줍니다.

1-1반 수업에서

Midjourney : 굵은 글씨로 "2 FEBRUARY"이라고 적힌 달력이 공중에서 불타는 포스터

동물농장

1학년 1반 박준서

시끄럽다

원숭이는 서럽게 울고

거북이는 물에 미끄러지고

고라니는 귀 아프게 소리친다

고양이는 어느새 높은 곳에 올라가 앉아 있고

기니피그는 농장주의 손을 물고

돼지는 춤을 추며 덩실거린다

시끄럽지만 익숙하다

우리 반의 일상이니까

2반 조서윤
우리 반도 비슷한데 ㅋㅋ

1반 최경서
한 명이 떠들면 다 같이 떠들어서 시끄러워진다.

7반 박준한
어떤 반이라도 공감할 것 같다.

5반 임상민
하지만 그들이 있기에 활기찬 학교가 있다. 하루하루 고마운 친구들이다.

• • • 이 시는 동물농장을 통해 교실의 일상적인 모습을 생동감 있게 비유하고 있습니다. 다양한 동물이 각각의 행동을 통해 학생들이나 교실에서 일어날 수 있는 다양한 상황을 재미있고 유머러스하게 표현했습니다. 각 동물의 특색 있는 행동은 교실의 각각 다른 학생들의 개성을 상징하며, 이들이 어우러져 만들어 내는 시끌벅적한 분위기를 잘 나타냅니다. "시끄럽지만 익숙하다"는 마지막 구절은 이러한 활기찬 혼란이 사실상 일상의 일부임을 보여 줍니다.

1-1반 수업에서

Midjourney : 다양한 야생 동물들이 크게 떠드는 모습, 혼란스러운, 정신없는, 3d, 배경은 대한민국 교실

회장의 자리

1학년 2반 조서윤

계급은 높지만 할 일이 많다

불만이 생기면
나에게 오는데

이름을 적으면 권력 남용
조금 봐주면 차별

항상 마음이 무겁기만 하다

4반 박선우
같은 회장으로서 크게 공감하면서. 할말하않.

1반 김도율
칠판에 내 이름이 적히면 회장에게 권력 남용이라고 소리친 일이 생각났다.

1반 김우성
한 요리사가 이 세상 모든 사람이 원하는 맛으로 음식을 만들 수는 없어요.

1반 이도영
우리 반 회장 같아. 왕이면 왕관의 무게를 견뎌야 한다. 학교뿐만 아니라 우리 사회도 그렇다.

2반 이시윤
권력남용이 맞는 것 같다.

2반 양승준
우리 반 회장을 볼 때마다 항상 불쌍하다고 생각했다.

● ● ●　이 시는 회장이라는 직책의 복잡성과 어려움을 잘 표현합니다. 높은 계급에 있지만, 책임과 업무가 많아 부담이 커지는 상황을 보여 줍니다. 불만이 생길 때마다 중재해야 하는 입장에서 오는 압박감이 두드러집니다. 권력 남용과 차별 사이에서 균형을 잡기가 어렵다는 고민이 담겨 있습니다. 그로 인해 마음이 무겁게 느껴지는 직책의 무게가 강조됩니다.

1-2반 수업에서

Midjourney : 커다란 왕관 모양의 의자가 녹아서 흘러내리는 모습, 금빛 왕관

평등 같은 소리하고 있네

1학년 3반 박시우

'사람은 누구나 평등하다'

주위를 둘러봐
정말 평등하니?
누구는 마음껏 하는 걸
누구는 눈치 봐야 하는데
아무도 그걸 신경 쓰질 않아

내가 맞춰 볼까?

강한 사람들은 남의 입장을 헤아릴 필요가 없어
사고와 행동이 점점 단순해지고
약한 사람들은 주변을 살피느라
조심스러워지지

지금 주변을 살펴봐

1반 구성모
평등하다고는 하지만 실제로 평등하지 않은 사회를 잘 드러내고 있다.

1반 김우성
소설 '멋진 신세계'처럼 불평등하고 불안정하고 불행한 것이 진정한 삶이 아닐까?

7반 이태인
평등은 때로 불공평하게 느껴질 수 있지만 이런 사회는 어쩔 수 없는 것 같다.

7반 정시우
공격적인 느낌이 있어서 약간 읽기가 거북했지만, 주제에는 공감이 갔다.

• • • 이 시는 평등에 대한 회의적인 시각을 날카롭게 표현합니다. 표면적으로는 모두가 평등하다는 주장을 비판하며, 실제로는 불균형이 존재함을 지적합니다. 강한 사람들은 상대의 입장을 고려하지 않고, 약한 사람들은 눈치 보며 살아야 하는 현실을 대조적으로 보여 줍니다. 이러한 사회적 불평등을 강조하며, 독자에게 다시 한번 현실을 직시하도록 촉구합니다. 이는 평등의 진정한 의미와 그 실현 가능성에 대한 불편한 진실을 드러냅니다.

1-3반 수업에서

Midjourney : 느긋한 고양이와 눈치 보는 쥐가 원형 탁자에 앉아 있는 모습

엄마

1학년 3반 송서호

엄마는 구글이다

내가 모르는 사실을 알려주니까

엄마는 계단이다

내가 성장할 수 있도록 도와주니까

엄마는 영웅이다

힘들 때 나를 도와주니까

4반 장건호

어머니는 그저 빛.

4반 김근우

어머니가 서랍 속에서 내가 한참 찾고 있던 양말을 바로 찾아낸 일이 떠오른다.

4반 이수환

부모님께 효도해야겠다는 생각이 들었다.

5반 김민성

엄마는 CCTV다. 내가 몰래 한 짓은 다 걸리니까.

6반 신강우

가끔 엄마와 다투는데 이 시를 보니 엄마가 갑자기 존경스럽다.

7반 강시현

엄마 보고 싶어.

••• 이 시는 엄마를 다양한 비유를 통해 다채롭게 표현합니다. 엄마를 "구글"이라 칭하며 지식의 원천으로, "계단"이라 부르며 성장을 돕는 존재로, "영웅"이라 명명하여 어려울 때 도움을 주는 힘이 되는 존재로 설명합니다. 각 비유는 엄마의 다면적인 역할을 사랑스럽고 감사한 마음으로 담아냈습니다. 이 시는 엄마에 대한 존경과 사랑을 따뜻하게 전달합니다.

1-2반 수업에서

Midjourney : 엄마가 환한 미소로 반겨 주는 모습, 대한민국, 여성, 앞치마를 입고 있는, 가정주부, 배경은 식탁

물

1학년 3반 김민준

한없이
출렁출렁

끊임없이
다양한 곳으로 흘러간다

언뜻 보면 의미 없는 흐름이다
하지만 세상은 이러한 흐름에 의존하고 변화해 왔다

우리도 물처럼
계속 흘러간다

1반 양하율
물과 같은 우리의 삶으로 세상이 바뀐다는 점을 말하는 시 같아.

1반 박준서
그저 세상의 흐름에 의존해 살 필요는 없어. 가끔은 내가 원하는 방향으로 흐름을 바꿔 봐.

2반 김영유
우리도 시대에 맞춰 세상에 맞춰 변하는 것이 중요하다.

6반 익명
이 시에서 물이란 의미 없는 인생 같기도 하면서 세상의 발전을 뜻하는 것 같기도 하다.

3반 김동욱
내 종착지는 어디일까?

• • •　이 시는 물의 흐름을 통해 삶의 변화를 깊이 있게 묘사하고 있습니다. "한없이 출렁출렁"이라는 구절은 물이 가지는 본연의 자유로움과 유동성을 나타내며, 끊임없이 변하는 자연의 모습을 잘 전달합니다. 언뜻 보기에는 의미 없는 흐름처럼 보일지라도, "세상은 이러한 흐름에 의존하고 변화해 왔다"와 마지막 구절 "우리도 물처럼 계속 흘러간다"는 우리 삶도 지속적인 변화와 흐름 속에서 이어짐을 일깨워 주고 있습니다.

1-3반 수업에서

Midjourney : 강물이 흘러가는 모습, 잔잔한, 끊임없는, 반짝이는

짝사랑

1학년 6반 이도연

짝사랑은 마치 바람 같아

바람이 지난 뒤에는
늘 나만 남아 있다

그녀는 봄바람처럼
왔다 간 듯 스쳐 간다

6반 이도연
짝사랑이 마음속 한편에 항상 남아 있다는 듯이 비유를 잘했다.

4반 장건호
그런 적이 없어서 슬프다.

4반 김호연
현재 짝사랑을 하고 있어서 정말 공감이 된다. ㅠㅠ

5반 김민성
그것이 청춘이다.

6반 익명
나도 예전에 짝사랑을 했는데, 이제는 남이 되었다.

7반 신강우
짝사랑은 안 해 봤지만 뭔가 마음을 울리고 "와~"라는 말밖에 안 나온다.

• • • 　이 시는 짝사랑의 덧없음을 바람에 비유하여 표현합니다. 바람이 지나간 뒤 혼자 남겨진 모습은 짝사랑의 외로움을 그대로 드러냅니다. 그녀를 봄바람에 비유한 것은 그녀의 존재가 순간적으로 스쳐 가는 것을 상징합니다. 이 시는 짝사랑의 순간적이고 허무한 감정을 섬세하게 포착합니다.

1-6반 수업에서

Midjourney : 봄바람에 흔들리는 꽃잎

반항적 기질

1학년 6반 나연호

자세히 보아야

예쁘단다

아닌데?

못생겼는데 히히

오래 보아야

사랑스러운 거야

아닌데? 아닌데? 안 그런데?

너도 그렇지?

2반 조서윤

자세히 보았지만 예쁘지 않다는 것은 신경 써서 보지 않았다는 것. 오래 보아도 사랑스럽지 않다는 것은 곁에 두고 보고 있지 않았다는 것.

4반 김진리

맞아. 카리나는 처음 봐도 예쁘다.

6반 신승원

나는 이 시랑 완전히 다른 생각을 갖고 있다. 가족처럼 계속 볼수록 더욱 사랑스러워지는 것도 있다.

6반 나연호

나태주 시인의 시를 패러디한 것 같아.

• • •　이 시는 사회적 기준에 대한 반항적인 마음과 저항을 강하게 표현합니다. "자세히 보아야 예쁘단다"라는 전통적인 미의 기준에 대해 의문을 제기하며, 개인의 외모나 가치에 관한 고정관념에 도전합니다. "아닌데? 못생겼는데 히히"에서 자신의 진솔한 감정을 드러내고, 타인의 기준을 무시하겠다는 반항심을 나타냅니다. 마지막의 "너도 그렇지?"는 독자에게 개인의 시각을 통해 아름다움과 사랑의 정의를 다시 생각하게 만듭니다.

1-6반 수업에서

Midjourney : 꽃을 바라보는 소년, 거꾸로 회전

가면의 두께

1학년 5반 유승준

인간은 태어날 때 가면을 쓰지 않지만
나이를 먹을수록 가면이 두꺼워진다

상대가 나보다 약할수록 계급이 낮을수록
가면의 두께는 얇아진다

나의 가면이 얇아질수록 상대의 가면은
점점 두꺼워진다

내가 상대에게 가면을 벗었을 땐
상대의 가면도 없었으면 좋겠다

4반 유진오
사람들의 가식을 가면에 비유한 점이 인상적이다.

4반 정재헌
내 가면의 두께에 대해 생각하게 됐다.

1반 이도영
사람들의 가면 속 얼굴을 생각해 본다.

2반 송민준
나도 용기를 내서 가면을 벗으면 상대도 벗었으면 하는 마음이 있다.

3반 박시우
자신을 숨겨야 살아남는 사회.

3반 채현빈
강약약강을 잘 표현한 것 같다.

• • • 　이 시는 인간관계에서의 가면을 통해 진정성과 위선을 탐구합니다. 어린 시절에는 가면이 없지만, 살아가면서 가면이 점점 두꺼워지게 됩니다. 상대가 약하다고 느낄수록 자신의 가면은 얇아지지만, 반대로 상대방은 더 두꺼운 가면을 쓰게 된다는 역설을 보여 줍니다. 마지막 소망은 진정한 소통을 원하는 마음을 드러냅니다. 서로 가면을 벗고 진심으로 마주하고 싶다는 바람이 강조된 시입니다.

1-5반 수업에서

Midjourney : 얼굴의 절반은 밝게 웃는 마스크를 쓰고 있고, 나머지 절반은 찡그린 맨얼굴, 대한민국 사람

내 마음속 바다

1학년 4반 고건우

내 마음속은 바다다

수심이 낮은 곳은
친구나 가족에게 보이는 마음
안쪽으로 들어가면
남에게 겉으로 표현하지 못하는 마음
심해로 들어가면
혼자 애태우는 고민
더 깊은 곳으로 들어가면
무의식의 공간

이 모두가 합쳐져 나의 마음을 만든다

5반 김준태
자신의 마음속 여러 마음이 하나의 자아를 형성한다는 내용을 잘 표현했어.

2반 안세준
친구들은 항상 수심이 낮은 곳을 보고 사람을 판별한다. 내 진짜 속마음은 아무도 몰라주는 것 같아. 부모님조차도.

2반 조연호
부력 때문에 수심 깊은 곳에 있는 것들이 바다 위로 떠오르듯, 문득 마음속 깊은 곳에 있는 말을 할 때가 있다.

6반 이시율
네가 보는 내 모습도 빙산의 일각이다. 서로의 빙산 전체를 볼 순 없잖아.

• • • 이 시는 마음의 복잡한 구조를 바다에 비유하여 깊이 있게 표현하고 있습니다. "수심이 낮은 곳은 친구나 가족에게 보이는 마음"은 가까운 사람들과의 관계에서 드러나는 편안한 감정을 나타냅니다. 이어지는 "심해로 들어가면 혼자 애태우는 고민"은 고독과 내적 갈등을 상징하며, 마지막의 "더 깊은 곳으로 들어가면 무의식의 공간"은 인간의 심리가 가지는 복잡성과 심오함을 강조합니다. 이 시는 마음의 여러 층을 탐구하며, 자신의 감정을 깊이 성찰하게 만듭니다.

1-4반 수업에서

Midjourney : 마음에 대한 은유로서 바다를 예술적으로 표현한 것입니다. 장면은 친구와 가족이 볼 수 있는 감정을 나타내는 밝고 얕은 영역, 숨겨진 생각과 개인적인 걱정을 나타내는 점점 더 깊은 부분, 그리고 무의식의 전체적인 분위기는 고요하고 성찰적이어야 하며 명확성과 신비함을 모두 포착해야 합니다

데이터 겨울잠

1학년 4반 박선우

한 달이 지나고 새로운 달이 시작되었다
핸드폰 데이터가 드디어 새로 들어왔다

처음에는 단단하고 굳센 마음으로 쓰는 것을 참는다
잠깐 한 번 진짜로 잠깐 한 번 마지막으로 한 번 찐으로 마지막으로

그렇게 데이터는 뚝 뚝 떨어지고
어느 순간 데이터를 모두 소진했다는 문자가 와 있다

동물들이 겨울잠을 자면서 새로운 봄날을 기다리는 것처럼
나는 다시 데이터를 위한 겨울잠을 잔다

4반 정재헌
500mb밖에 안 되는 나로서는 너무 공감된다.

6반 박은찬
데이터를 기다리는 나를 겨울잠에 비유해 표현한 점이 신선하고 공감이 간다.

5반 박시윤
데이터 쓰는 것을 다람쥐나 청설모가 모아 둔 도토리를 먹는다고 비유해도 좋을 것 같아.

2반 조서윤
나도 데이터가 들어오면 엄청 아껴서 쓰려고 하지만 결국 보름도 안 지나서 다 써 버리지.

• • •　이 시는 현대 청소년들이 경험하는 일상적인 상황을 재미있고 생동감 있게 그려내고 있습니다. "핸드폰 데이터"의 시작과 소진 과정을 통해 데이터라는 한정된 자원을 관리하려는 의지와 유혹 사이의 갈등이 잘 드러납니다. 특히 "진짜로 잠깐 한 번"과 같은 표현은 현실적인 공감을 불러일으키며, 데이터의 소진을 맞이하게 되는 현실을 은유적으로 "데이터를 위한 겨울잠"에 비유한 부분이 인상적입니다.

1-4반 수업에서

Midjourney : 겨울잠을 자는 곰, 손에 핸드폰을 꼭 쥐고 있는, 배경은 굴속, 실이나 양모로 만든 스타일

벚꽃

1학년 4반 정세양

벚꽃이 나무에서
떨어져 간다

그리고 넌 나에게서
멀어져만 간다

나무는 다시 봄이 되면
벚꽃을 만나겠지만

너는 몇 날 며칠이 걸려도
돌아오지 않는다.

1반 박준서
떠나는 가는 이를 목메며 기다리는 마음이 이해된다. 하지만 그저 세월에 맡기는 것도 좋은 방법이다.

7반 이서현
누군가가 떠나가는 모습을 벚꽃이 지는 것으로 비유한 점이 인상 깊다.

7반 익명
미련이 많이 남아 보인다.

• • •　이 시는 벚꽃의 떨어짐을 통해 사랑하는 사람과의 이별을 표현하고 있습니다. 벚꽃이 떨어지는 모습과 사랑의 상실을 평행적으로 묘사하면서, 자연의 순환과 사람 사이의 인연의 단절을 대비시키고 있습니다. 특히 "나무는 다시 봄이 되면 벚꽃을 만나겠지만"과 "너는 몇 날 며칠이 걸려도 돌아오지 않는다"는 구절은 반복과 회복이 있는 자연과 달리, 사람 사이의 이별은 되돌릴 수 없다는 슬픔을 잘 전달합니다.

1-1반 수업에서

Midjourney : 나뭇가지에 핀 벚꽃이 바람에 날리는, 배경은 봄, 멍하게 서 있는 남자, 3D 질감, 연한 파란색과 어두운 회색 톤, 금색 배경의 자연 스타일 유화 스타일

인생

1학년 5반 김서진

사는 건 이런 것인가? 이대로 계속 살다가 죽는 것인가? 이것보다 나은
삶은 찾아볼 수 없는 것인가? 내 인생에서 빛나는 업적은 없는 것인가?
정말로 이것으로 끝인 것인가?

이런 고민을 하는 삶은
진실한 인생을 살고 있는 것이라는데

인생은 누군가의 거짓말이다

4반 안은진

영화 트루먼 쇼에서 주인공은 거대한 세트장에 갇혀 가짜 인생을 살았다. 트루먼은 자신의 진짜 인생을 찾아 세트장을 떠난다. 우리도 진짜 인생을 살아 보는 것이 어때?

3반 이승민

나와 인생에 대해 의문을 많이 가지는 시기에 딱 어울리는 시 같아.

7반 오선우

뭔가 되게 잘 쓴 것 같은데 무슨 말인지 애매하다.

5반 오윤우

문제에 대해 고민하고 해결하기 위해 노력하는 삶이 멋지고 진실한 인생이라 생각한다.

5반 곽현빈

이런 고민을 하는 삶이 누군가의 거짓말이라는 거야?

● ● ●　이 시는 중학교 1학년 학생이지만 삶에 대한 진지하고 깊은 성찰을 담고 있습니다. 시인은 존재의 의미와 인생의 목적에 대한 궁금증을 던지고 있으며, 삶에 대한 불확실성과 회의감을 솔직하게 표현하고 있습니다.

1-4반 수업에서

Midjourney : 책상에 앉아 고민하는 남자 중학생, 고민스러운 표정, 배경은 교실, 손으로 그린 일러스트

물

1학년 7반 유준하

나는 물이다

그냥 특별하지 않고 평범한 물

하지만 장소에 따라 내 가치는 변한다

식당에서는 공짜

편의점에서는 천 원

비행기에서는 삼천 원

내 가치는 내가 있는 곳에 따라 결정된다

내 가치를 알아주는 곳으로 가고 싶다

3반 이태훈

물로 자신의 가치를 표현한 방법이 신박하다.

2반 안세준

장소에 따라 내 가치가 변한다는 말에 공감한다.

3반 김라원

나는 특별한 인정을 받지 못하고 학교와 학원을 다니고 있다. 내 가치를 알아주는 곳으로 가고 싶다는 말이 마음에 와닿는다.

3반 이승민

항상 혼나서 시무룩하다가 나를 알아주는 일이 생기면 너무나 뿌듯하고 울컥한다.

• • •　이 시는 자신을 물에 비유하여, 상황에 따라 변하는 가치에 대해 성찰합니다. 언제나 평범하지만 위치에 따라 달라지는 물의 가치는 자신의 가치를 인정받고 싶어 하는 마음을 표현합니다. 식당, 편의점, 비행기에서의 가격 차이는 자기 가치가 환경에 따라 다르게 평가될 수 있음을 상징합니다. 마지막 구절에서는 자신의 가치를 진정으로 알아주는 곳을 찾고 싶다는 소망을 담고 있습니다. 이는 스스로의 진가를 인정받고 싶은 마음을 잘 나타냅니다.

1-6반 수업에서

Midjourney : 물로 구성된 사람, 달리는 사람 모습, 투명하고 빛나는

미로

1학년 7반 홍태균

내 인생은 미로 같다. 무얼 잘하는지 모르겠고 무얼 좋아하는지도 모르겠고 무얼 하고 싶은지도 모르겠다. 나는 마치 미로에서 길을 잃은 채 우왕좌왕하고 있는 것 같다. 다른 친구들은 어디론가 열심히 가고 있는 것 같은데 나만 어리바리 헤매고 있는 것 같아. 언젠가는 나의 탈출구로 가길 꿈꾼다.

7반 임찬혁
내 속마음을 들킨 것 같이 뜨끔하고 나만 그런 게 아니구나 싶어서 안심된다.

6반 익명
나도 내가 뭘 하고 싶은지, 내가 잘할 수 있는 것은 무엇인지, 무엇을 좋아하는지 계속 생각해도 모른 채 미로를 빠져나오기 위해 열심히 탈출구만을 찾고 있다.

4반 장지호
미로의 끝에는 무엇이 있을까?

7반 유준하
평소 내 생각이 시로 만들어져서 신기하다.

1반 강준희
인생에서 항상 내가 원하는 길은 막혀 있지만 언젠가는 길을 찾을 수 있다.

1반 주현준
공감하지만 너무 급할 필요는 없다.

• • • 이 시는 인생의 방향을 찾지 못해 방황하는 마음을 미로에 비유하여 표현합니다. 무엇을 잘하고 좋아하는지 모르는 혼란스러운 상태가 우왕좌왕하는 모습으로 그려집니다. 주변의 또래들이 진로를 찾아가는 것처럼 보이는 상황에서 느끼는 조바심과 외로움이 강조됩니다. 결국, 나만의 탈출구를 찾고 싶다는 희망을 담고 있으며, 이는 많은 이들에게 공감과 위로를 주는 메시지입니다.

1-1반 수업에서

Midjourney : 미로에서 헤매는 소년

기회

1학년 7반 김도경

기회는 테이프와 같아

테이프가 한 번 떨어지면
접착력이 떨어져
다시 붙지 않는 것처럼

기회도 한 번 오면
다시 오지 않는다

4반 김태민
내 생각에 기회는 많이 있는 것 같아. 내가 하지 않을 뿐.

1반 강준희
그래서 기회가 올 때 최선을 다해야 한다.

1반 송하석
접착력이 떨어진 테이프도 열심히 힘으로 누르면 다시 붙는다.

5반 오윤우
기회는 언제나 있지만 우리가 그 기회를 살리지 못하는 것 같다.

6반 강동호
나도 예전에 운동 대회를 나가려다 신청을 못 해서 못 나갔다. 그 기회는 다시 오지 않았다.

6반 조성원
테이프가 떨어지면 다시 붙이면 된다. 직접 기회를 만들어 나가자.

• • • 이 시는 기회를 테이프에 비유하여, 한 번 지나가면 되돌릴 수 없음을 강조합니다. 접착력이 한 번 떨어지면 다시 붙지 않는 테이프처럼, 기회도 한 번 놓치면 쉽게 돌아오지 않는다는 점을 전달합니다. 이는 기회의 중요성과 그 순간을 잡아야 하는 이유를 강하게 일깨워 줍니다. 기회를 소중히 여기라는 메시지를 간결하게 표현한 시입니다.

1-1반 수업에서

Midjourney : 스카치 테이프 괴물

탱탱볼

1학년 7반 김지웅

내 마음은 탱탱볼

어디로 갈 줄 모르는

나도 내 마음을 모르겠다

1반 최서준

내 마음도 가끔 이상한 곳으로 끌려가는 경우가 있다.

5반 이제후

탱탱볼이 시간이 지나면 더 이상 튀기지 않듯이 너의 마음도 시간이 흐르면 어디로 가는지 알 수 있을 거야.

7반 이태인

사춘기 때 찾아온 정신적 방황과 불안감을 나타낸 것 같다.

1반 최경서

선택하는 일이 어렵긴 하다.

6반 강동호

나도 가끔 무엇을 할지, 어디로 갈지 고민될 때가 있다. 그것을 탱탱볼에 비유한 것 같다.

3반 이승민

사춘기에 접어든 우리들의 모습인 것 같다. 나도 웃다가 갑자기 화난 적이 많아서 황당하다.

•••　이 시는 마음의 복잡하고 예측할 수 없는 상태를 탱탱볼에 비유합니다. 탱탱볼처럼 어디로 튈지 모르는 마음은 변덕스럽고 혼란스러운 감정을 잘 나타냅니다. "나도 내 마음을 모르겠다"는 솔직한 고백은 스스로도 감정을 이해하기 어려운 상황을 강조합니다. 이 시는 감정의 혼란과 불확실성을 간결하게 표현하고 있습니다.

1-7반 수업에서

Midjourney : 바닥에서 이리저리 튀어 오르는 탱탱볼, 변덕스러운

꽃밭에서

1학년 7반 어지환

장미꽃은 정열적인 빨간색이
아름답다

국화꽃은 풍성하게 피어난 꽃잎이
아름답다

민들레는 가볍게 날아가는 홀씨가
아름답다

개나리는 다 같이 노랗게 피어 있는 모습이
아름답다

누가 가장 아름답다고 할 수가 없네

4반 유진오
마지막 문장을 통해 모든 사람은 가치가 있음을 알게 해 준다.

1반 고민기
세상에서 가장 아름다운 것은 겉모습이 아닌 따뜻한 마음씨다.

1반 김현서
각자의 개성을 존중하자고 말하는 것 같아.

1반 김윤슬
살아가면서 누군가보다 못하다고 생각해도 나중에 다른 분야에서 재능을 찾게
되는 경우가 많다.

2반 조서윤
세상에는 여러 가지 아름다움이 있다. 구별이 안 될 만큼. 찾아볼 수 없을 만큼.

• • • 이 시는 다양한 꽃의 아름다움과 그들 각각의 매력을 강조하며, 상대적인 아름다움을 탐구하고 있습니다. 마지막 구절 "누가 가장 아름답다고 할 수가 없네"는 각 꽃이 지닌 독특한 아름다움을 인정하며, 상대적인 아름다움에 대한 성찰을 제공하여 다양한 아름다움을 모두 수용하는 태도를 보여 줍니다. 이 시는 자연의 다양성을 통해 아름다움의 가치를 깊이 있게 탐구합니다.

1-7반 수업에서

Midjourney : 가지각색 모양의 꽃이 피어 있는 벌판

유선 이어폰

1학년 1반 박민수

나는 유선 이어폰이다

매일 마음속 줄이 꼬여 있기 때문이다

쓰고 잘 정리해 두어도

쓰려고 하면 꼬여 있는 유선 이어폰

나는 마음속 줄이 꼬일 걱정이 없는

무선 이어폰이 되고 싶다

7반 홍태균

스트레스가 없으면 발전이 없을 수도 있다. 글쓴이가 이러한 경험을 통해 발전하길 바란다.

5반 오윤우

길바닥에서 잃어버린 내 무선 이어폰이 생각난다.

1반 구성모

마음속 걱정을, 풀어도 다시 꼬여 버리는 유선 이어폰으로 표현한 점이 좋았어.

1반 송하석

꼬여 있는 줄을 푼 유선 이어폰은 무선 이어폰보다 안정적인 소리가 나온다.

••• 이 시는 유선 이어폰을 통해 내면의 복잡한 감정을 표현합니다. 아무리 잘 정리해도 다시 얽히는 유선 이어폰은 마음의 혼란을 상징합니다. 매번 꼬여 있는 모습은 쉽게 해결되지 않는 감정 상태를 비유적으로 보여줍니다. 무선 이어폰이 되고 싶다는 바람은 복잡함에서 벗어나 자유롭고 싶은 소망을 담고 있습니다. 이는 마음의 평온과 단순함을 향한 갈망을 잘 나타내고 있습니다.

1-1반 수업에서

Midjourney : 줄이 서로 엉켜 있는 유선 이어폰

내 미래

1학년 1반 최서준

나는 가끔 내 미래를 생각한다
아버지에게 묻기도 하고
어머니에게 물어보기도 한다

꿈은 항상 바뀐다
사실 지금 급할 것은 없다
하지만 필요한 것 같아

생각할수록
미래는 무수한 갈림길 같고
얼른 지름길이 생기길 바라게 된다

6반 나연호

나도 꿈이 항상 바뀌어서 공감이 간다.

1반 이성인

나도 나중에 뭐가 될지 생각하곤 한다. 이게 되면 좋을까, 저게 되면 좋을까, 고민해 보지만 나중에 정하자! 한다.

1반 주현준

재능을 가지고 노력을 해서 너의 재능을 극대화할 수 있는 직업을 선택해.

1반 나영주

미래로 가는 지름길이 생긴다면 당신은 다음에 무엇을 하고 싶나요?

• • • 이 시는 미래에 대한 고민과 불안을 담고 있습니다. 부모님께 조언을 구하지만, 꿈은 끊임없이 변화합니다. 아직 급할 것은 없지만, 미래를 계획하는 일이 중요하게 느껴집니다. 고민할수록 미래는 다양한 선택지와 같아 보이고, 보다 쉬운 길을 찾고 싶은 마음이 드러납니다. 이는 불확실한 앞날을 향해 나아가는 젊은 마음의 솔직한 표현입니다.

1-1반 수업에서

Midjourney : 나의 미래와 꿈

제목을 떠올려 보세요

1학년 2반 김승우

벌컥벌컥

부르릉

빵! 빵!

퍽

6반 김승연

시를 읽고 다양하게 생각하고 상상할 수 있도록 한 점이 창의적이고 신선하다.

6반 이시율

주인공이 술을 마시고 운전을 해 사고를 내는 내용인 것 같다. 이해하자마자 소름 돋았다.

1반 정인서

제목은 교통사고. 경찰이 용의자 차에 다가가 벌컥벌컥 문을 열려고 한다. 하지만 용의자는 부르릉 시동을 켜고 빵빵거리며 그대로 퍽 하고 경찰을 박아 버린다.

1반 송하석

제목은 일상의 소리.

5반 심재윤

솜방망이 처벌?

• • • 이 시는 다양한 소음을 통해 어떤 사건이 벌어지고 있는지를 강렬하게 상상하게 만듭니다. 소리들은 함께 어떤 사건—예를 들어, 축제가 열리거나 소동이 일어난 일상적인 순간—을 전달하는 듯합니다. 이 시는 단순한 소음 속에서도 일상의 다채로움을 생생하게 표현하며, 예상치 못한 사건들이 일상에서 쉽게 벌어질 수 있음을 보여 줍니다.

1-2반 수업에서

Midjourney : 물음표로 이루어진 입체 퍼즐

시곗바늘

1학년 4반 정세양

시곗바늘은 낭만적이다

작은 바늘은 항상
긴 바늘을 쫓는다

마치 한 사람이 한 사람을
열정적으로 사랑하는 것처럼

1반 정인서

그렇게 12시가 되어서 만나고 그 이후로 긴 시곗바늘은 다시 도망가 버린다.
그것이 사랑일까?

1반 김우성

이 세상에서 만남도 있고 헤어짐도 있지만 사람들은 꾸준히 사랑을 한다.

1반 문지후

마침내 두 바늘이 만나는 게 낭만적이야.

1반 익명

스토커 같은데.

6반 익명

만나는 시간이 1분도 채 안 되는 것 같아서 슬프다.

6반 신승원

긴 바늘이 작은 바늘을 쫓을 때도 있는 것 같아.

• • • 이 시는 시곗바늘을 통해 사랑의 열정과 낭만을 아름답게 표현하고 있습니다. "시곗바늘은 낭만적이다"라는 구절은 시간의 흐름 속에서도 느껴지는 특별한 감정을 암시합니다. "작은 바늘은 항상 긴 바늘을 쫓는다"는 비유는 사랑하는 사람을 따라가고자 하는 열망과 헌신을 상징하며, 사랑의 고백처럼 해석됩니다. "마치 한 사람이 한 사람을 열정적으로 사랑하는 것처럼"에서 사랑의 깊이와 갈망이 잘 드러나며, 서로를 바라보는 마음이 시곗바늘의 움직임으로 은유화됩니다.

1-1반 수업에서

Midjourney : 커다란 하트 모양 시계, 남자 모양의 분침과 여자 모양의 시침

공

1학년 4반 김호연

나는 공이 되고 싶다

공은 그 자리에 가만히 있는
다른 물건들과 다르게

어디든 굴러갈 수 있는
잠재력을 가지고 있다

나는 공이 되고 싶다

4반 유진오
사물의 특징으로 본인의 소망을 표현한 점이 흥미롭다.

5반 유민재
무엇이든 잘하고 싶은 마음을 잘 드러내고 있다.

2반 익명
이 시에서 잠재력은 재능이 아니라 노력을 말하는 게 아닐까?

1반 고민기
자유로워지고 싶은 욕망을 공으로 잘 표현했다.

• • •　이 시는 자유와 가능성에 대한 갈망을 표현하고 있습니다. "나는 공이 되고 싶다"라는 반복적인 구절은 공의 특성을 통해 자신이 원하는 삶의 형태를 상징적으로 드러냅니다. "공은 그 자리에 가만히 있는 다른 물건들과 다르게"는 정체되어 있는 상태에서 벗어나고 싶다는 열망을 나타내며, 변화와 이동을 통해 새로운 경험을 추구하는 마음을 강조합니다.

1-4반 수업에서

Midjourney : 두 개의 다리가 있는 공

시간

1학년 2반 백용재

시간은 모두에게 똑같이 흐른다고 하지만

왜 너와 나는 다를까

시간을 어떻게 쓰느냐가 중요하다고 하지만

왜 너와 나는 다를까

얼마나 열심히 했느냐에 따라 다르다고 하지만

나도 열심히 했다고

1반 정인서

재능의 차이일 수도 있지만 '너'는 내가 모르는 사이에 더 노력했을 것이고 열심히 했을 것이다.

4반 김호연

나에게 주어진 시간을 낭비하지 않고 잘 사용해야겠다는 생각이 들었다.

7반 안선우

시간을 효율적으로 쓰는 사람과 그 외 나머지 사람들을 비교하는 것 같아서 한편으로는 씁쓸하다.

2반 양승준

나도 열심히 축구 연습을 하는데 왜 실력이 늘지 않을까? 하는 생각을 한다.

7반 어지환

시간을 어떻게 쓰느냐에 따라 시간의 질이 달라지는 것 같다.

• • •　이 시는 시간이 모두에게 공평하게 흐른다는 일반적인 믿음을 의심하며, 개인 간의 차이를 강조합니다. "왜 너와 나는 다를까"라는 반복적인 물음은 시간의 사용과 노력의 결과가 왜 다른지를 고민하게 합니다. 시간의 활용이나 노력의 차이가 결과를 좌우한다는 통념에도 불구하고, 자신도 열심히 했다는 주장은 노력과 성과의 괴리를 나타냅니다. 이 시는 시간의 상대성과 개인적 경험의 차이를 성찰하게 만듭니다.

1-2반 수업에서

Midjourney : 시계로 만든 거대한 소용돌이

희망이란 본래 있다고도 할 수 없고 없다고도 할 수 없다.
그것은 땅 위의 길과 같다. 원래 땅 위에는 길이 없었다.
걸어가는 사람이 많아지면 그것이 곧 길이 되는 것이다.

· 루쉰, <고향>에서 발췌 ·

우리 학생들이 앞으로 보여줄 더 많은 가능성을 기대합니다.